KB193921

길

길

2025년 3월 9일 초판 1쇄 인쇄 발행

지 은 이 | 손재수
전   화 | 010-4755-5444
이 메 일 | 1sonsoo@naver.com

펴 낸 이 | 박종래
펴 낸 곳 | 도서출판 명성서림

등록번호 | 301-2014-013
주   소 | 04625 서울시 중구 필동로 6 (2, 3층)
대표전화 | 02)2277-2800
팩   스 | 02)2277-8945
이 메 일 | msprint8944@naver.com

값 10,000원
ISBN 979-11-94200-78-9

길
道
Road

손재수의 짧은 글 여덟번째

도서
출판 명성서림

차례

길을 묻다

2018. 4. 26. 목.

길을 물었다
도복을 입은 꼬마에게

자세하고 똑똑한 가르침
훌륭한 스승이었다

별나라에서 파견한
거리의 천사였다

서설 瑞雪

밤사이에
찹쌀 떡가루가
온 세상을 덮었다
찰떡을 해 먹어야겠다

광야에서 방황하던
배고픈 민족에게 내려준
찹쌀 유과 같은
만나를 내려주셨던 주님

먹고사는 것이 첫째라
배부르게 먹을거리
올해는 대풍년이 되리라
먹거리가 풍부하리라

미사 MISA

2016. 4. 3. 일.

피곤한 영혼이
쉬는 시간

딱딱한 의자도
비단 금침이라

들려오는 강론은
천사의 자장가

내 영혼 잠이 들어
편안히 쉬는데

대충 쉬고 나오라네
생명의 빵을 주신다네

풍요한 영혼에
배부른 육신

문화의 소리

2013. 10. 9. 수.

아이들 노는 소리
글 읽는 소리
베 짜는 소리
고전에서 나오는
세 가지 소리

잘 되어 가는 집에는
이 소리가 항상 있다
내 조국에 이 소리가
유구한 역사와 함께
영속되기를 기도한다

* 한글날: 1446년 한글 반포. 567주년 기념일.

디엠지DMZ

6.25. 전쟁
1950년 6월 25일 일요일 04시
그 전쟁 북새통에서
유명을 달리하신
영령이시어

꽃다운 청춘의 넋이
디엠지에 다시 꽃으로 피어
그날의 아름답던 청춘의 색깔로
곱게 곱게 다투어 피었군요

슬픔과 아픔을 딛고
우리는 이렇게 잘살고 있는데
아름다운 영령 덕에
좋은 옷 차려입고
자유자재 살고 있는데

디엠지 슬픈 지역에서
꽃으로 나무로 새로 별로
승화하신 영령이시어
조국의 평화통일을 기도하며
오늘도 디엠지를 찾았습니다
고마우신 영령이시어

동성애 공인 반대

태초에 조물주는 암수를 창조했다
그리고 암수가 짝지어 살게 했다
암컷과 암컷, 수컷과 수컷이 서로 생활하며 산
다는 것은 자연의 섭리와 우주 창조 질서에 어긋
나는 행위이다

이러한 행위로 인하여 우리가 예측하지 못하는
어떤 대재앙이 올지는 아무도 예측하지 못한다

입법을 할 수 있는 권력자에게 말한다
표 몇 개에 환장이 되어 자연의 섭리를 어기
지 마라
동성애자에 대하여 사회적으로나 법률로 공인
하면 안 된다

자기네끼리 좋아서 동거하는 것이라면 묵묵히
못 본척하고
지나치면 되는 것이고 그냥 가만히 놔두면 되
는 것이지

이런 문제를 사회적 관심사로 공론화 하지 말라

생각해 봐라
부끄럽지 아니한가?

　도덕적, 사회적, 법률적인 것 이전에 자연의 섭리에 도전하지 마라
　얼마 전 바티칸 주교 회의에서도 동성애자에 대한 논의를 의제로 채택한다는 보도를 보고 하도 기가 차서 "그분들 정신 나간 사람들 아닌가? 그것이 의제로 채택할 거리가 되는가?"
　한심하여 격분한 때가 있었다

　결국 무산되긴 하였지만 승리도 당당하게 패배도 당당하게 건투하는 정신으로 동성애 반대운동에 참여하여 주시기를 기도 합니다

　우주의 자연법칙을 거스르지 말고 삽시다

멋이 중 헌 디?

제목: 코로나 2019 법정 감염병에 걸리고 나서 깨달은 것.

코로나19 확진자 격리 통지 및 확진자조사 안내

1.
귀하는 코로나19 검사 확진 양성, positive + 로 감염병예방법 제41조 및 제43조 등에 따라 격리됨을 통지합니다.
45일 이내 이미 확진 판정을 받은 경우는 해당 없음.

코로나19 확진자는 감염병예방법 제18조에 따른 역학조사 대상이므로 다음 URL을 접속하여 확진자 자기기입식 조사서를 작성하여야 합니다.

확진자 조사서: 동거가족 입력 오류 시, 동거가

족 "없음"으로 체크하셔도 됩니다.

  바로 작성 부탁드립니다!!!

  작성이 어려우시면 기다려 주세요. 순차적으로 연락드리겠습니다.

  https://covid19m.kdca.go.kr/selfreport/31700128/185535569

  ※ 제출 후 수정 불가

  - 격리 대상자: ㅅㅈㅅ

  - 격리기간: 2022-11-01 ~ 2022-11-06 24:00

  단, 의료기관에서 PCR 검사로 확진된 격리자의 격리해제일은 검체 채취일을 기준으로 7일이 되는 날임.

  - 격리장소: 자가 입원환자는 병원.

2.

  통지기관: 경기도 광주시 보건소 보건소장 담당자 031-760-2110

  *

  격리 명령 위반 시 1년 이하의 징역 또는 1천만 원 이하의 벌금에 처 해질 수 있으며, 동 조치에 대해 이의가 있으면 본 통지를 받은 날로부터 90일 이내에 행정심판이나 행정소송 등을 제기할 수 있습니다.

3.
   격리 대상자가 중증장애인, 영유아 · 아동 만 11세 이하 또는 초등학생 이하 등 돌봄이 필요한 경우 가족 등이 공동 격리를 신청할 수 있습니다.
   돌봄 대상자의 격리기간 내에 관할 보건소에 신청.

4.
   확진자와 동거인 안내문은 아래 URL에서 확인해 주세요.
   ※ 동거인 권고사항 3일 이내 PCR 검사, PCR 검사 후 자택 대기 권고, 6-7 일차에 신속 항원 검사, 음성이더라도 10일간 가급적 외출 자제
   * 확진자 및 동거인 안내문 https://c11.kr/wpv5
   * 소아 재택 치료 증상별 대응 요령 https://c11.kr/xl4y

5.

  격리 기간 중 발열 등 증상이 있는 경우 원스톱 진료 기관에서 대면 진료 및 먹는 치료제 처방을 받을 수 있습니다.

  포털사이트나 생활안전지도 앱에서 "원스톱 진료 기관" 검색.

6.

  격리종료 다음 날부터 90일 이내에 정부24 홈페이지 및 앱에서 생활지원비를 신청할 수 있습니다.

  생활지원비는 가구 기준 중위소득 100% 이하, 유급 휴가비는 30인 미만 사업장에 한 해 지원.

  * 생활지원비 및 유급 휴가비용 지원 상세 안내 https://url.kr/soeajz

  7.

  정부24에서 격리통지서 발급이 가능합니다.

  2022.11.1. 화. 09:00. 접수.

제목 코로나19 확진자 격리 통지 및 확진자조사 안내

1.
귀하는 코로나19 검사 확진 양성, positive + 로 감염병예방법 제41조 및 제43조 등에 따라 격리됨을 통지합니다.
45일 이내 이미 확진 판정을 받은 경우에는 해당 없음.

코로나19 확진자는 감염병예방법 제18조에 따른 역학조사 대상이므로 다음 URL을 접속하여 확진자 자기기입식 조사서를 작성하여야 합니다.

확진자 조사서: 동거가족 입력 오류 시, 동거가족 "없음"으로 체크하셔도 됩니다.
바로 작성 부탁드립니다!!!
작성이 어려우시면 기다려 주세요. 순차적으로 연락드리겠습니다.
https://covid19m.kdca.go.kr/selfreport/31700128/185535569

※ 제출 후 수정 불가
- 격리 대상자: ㅅㅈㅅ
- 격리기간: 2022-11-01 ~ 2022-11-06 24:00
단, 의료기관에서 PCR 검사로 확진된 격리자의 격리해제일은 검체 채취일을 기준으로 7일이 되는 날임.
- 격리장소: 자가 입원환자는 병원.

2.
통지기관: 경기도 광주시 보건소 보건소장 담당자 031-760-2110
* 격리 명령 위반 시 1년 이하의 징역 또는 1천만 원 이하의 벌금에 처 해질 수 있으며, 동 조치에 대해 이의가 있으면 본 통지를 받은 날로부터 90일 이내에 행정심판이나 행정소송 등을 제기할 수 있습니다.

3.
격리대상자가 중증장애인, 영유아·아동 만 11세 이하 또는 초등학생 이하 등 돌봄이 필요한 경우 가족 등이 공동 격리를 신청할 수 있습니다.

돌봄 대상자의 격리기간 내에 관할 보건소에 신청.

4.

확진자와 동거인 안내문은 아래 URL에서 확인해 주세요.

※ 동거인 권고사항 3일 이내 PCR 검사, PCR 검사 후 자택 대기 권고, 6-7 일차에 신속 항원 검사, 음성이더라도 10일간 가급적 외출 자제

* 확진자 및 동거인 안내문 https://c11.kr/wpv5
* 소아 재택 치료 증상별 대응 요령 https://c11.kr/xl4y

5.

격리기간 중 발열 등 증상이 있는 경우 원스톱 진료 기관에서 대면 진료 및 먹는 치료제 처방을 받을 수 있습니다.

포털사이트나 생활안전지도 앱에서 "원스톱 진료 기관" 검색.

6.

　격리종료 다음 날부터 90일 이내에 정부24 홈페이지 및 앱에서 생활지원비를 신청할 수 있습니다.

　생활지원비는 가구 기준 중위소득 100% 이하, 유급 휴가비는 30인 미만 사업장에 한 해 지원.

　* 생활지원비 및 유급 휴가비용 지원 상세 안내
https://url.kr/soeajz

7.

　정부24에서 격리통지서 발급이 가능합니다.

　2022.11.2. 수. 09:07. 접수.

제목

　이 문자는 감염병예방법 70조의6 심리지원에 따른 코로나19 심리지원 대상자에게 발송됩니다.

　코로나19 심리지원 상담 안내입니다.

　광주시 정신건강복지센터에서는 코로나19 확진자와 가족의 심리 회복을 위해 정신건강 전문가 상담을 제공하고 있습니다.

1.

전문가의 심리상담을 희망하시면 언제든지 전화 주세요.

- 상담 및 문의 전화 : 경기도 광주시 정신건강복지센터 031-762-8728

2.

정신 건강평가

- 확진자 및 가족 : gmhc.or.kr/sub.php?menukey=57

3.

24시간 심리상담 핫라인(1577-0199)

* 노인 우울 척도-단축형 (SGDS-K)

다음 문항들을 자세히 읽어보시고 당신의 기분과 상태에 해당하는 답에 표시하십시오.

1. 현재의 생활에 대체적으로 만족하십니까?	● 예 ○ 아니오
2. 요즈음 들어 활동량이나 의욕이 많이 떨어지셨습니까?	● 예 ○ 아니오
3. 자신이 헛되이 살고 있다고 느끼십니까?	○ 예 ● 아니오
4. 생활이 지루하게 느껴질 때가 많습니까?	○ 예 ● 아니오
5. 평소에 기분이 상쾌한 편이십니까?	● 예 ○ 아니오
6. 자신에게 불길한 일이 닥칠 것 같아 불안하십니까?	● 예 ○ 아니오
7. 대체로 마음이 즐거운 편이십니까?	● 예 ○ 아니오
8. 절망적이라는 느낌이 자주 드십니까?	○ 예 ● 아니오
9. 바깥에 나가기가 싫고 집에만 있고 싶습니까?	● 예 ○ 아니오
10. 비슷한 나이의 다른 노인들보다 기억력이 더 나쁘다고 느끼십니까?	○ 예 ● 아니오
11. 현재 살아 있다는 것이 즐겁게 생각되십니까?	● 예 ○ 아니오
12. 지금의 내 자신이 아무 쓸모없는 사람이라고 느끼십니까?	○ 예 ● 아니오
13. 기력이 좋은 편이십니까?	● 예 ○ 아니오
14. 지금 자신의 처지가 아무런 희망도 없다고 느끼십니까?	○ 예 ● 아니오
15. 자신이 다른 사람들의 처지보다 더 못하다고 느끼십니까?	● 예 ○ 아니오

출처: ㅈㅁㅈ, ㅂㅈㄴ, ㅅㄱㅎ, ㅎㅂㅈ, ㄱㅈㄱ, ㅇㄷㅇ, ㄱㅁㅎ. 1999.

DSM-III-R 주요 우울증에 대한 한국어판 Geriatric Depression Scale, GDS의 진단적 타당성 연구.

- 개인 정보처리방침
- 이메일 무단 수집거부
- 우 12739 경기 광주시 파발로 194, 보건소 별관 2층. 건강복지센터

TEL. 031-762-8728 FAX. 031-762-8729.

E-mail. gmhc2021@naver.com

- 검사가 완료되었습니다.
- 자세한 결과는 결과 보기 통해 확인하실 수 있습니다.
- ※ 출력을 할 때는 인쇄 미리보기의 설정에서 "배경색 및 이미지 인쇄 =배경 그래픽" 옵션을 체크 하셔야 합니다.

- 개인 정보처리 방침
- 이메일 무단 수집 거부

노인 우울 SGDS-K

- 6점
- 정상 5점
- 중증도 우울 증상 9점
- 심한 우울증 15점
- 노인 우울 검사 결과 귀하는 우울증 의심군에 속해 있습니다.
- 평소 예방 및 회복을 위한 적극적인 노력이 필요합니다.
- 그러나 스스로의 노력에도 불구하고 호전되지 않는다고 여겨지면 전문가의 상담과 적절한 치료가 병행되어야 할 것입니다.
- 정신건강복지센터 또는 24시간 위기 상담 전화 1577-0199를 통해 상담과 정보제공 받으실 수 있습니다.
- ※ 본 자가검진은 정확한 진단을 내리기에는 어려움이 있으므로 정확한 증상과 판단을 위해서는 정신건강의학과 의사의 진료가 필요함을 안내드립니다.

• 결과와 관련한 의문 사항이나 정신건강 관련 궁금한 점이 있으시면, 경기도 광주시 정신건강복지센터 031-762-8728로 연락주십시오.

• 더 자세한 면담을 해 드리도록 하겠습니다.

2022.11.3. 목. 10:05. 접수.

제목:

국민 비서에서 안내드립니다.

[보건복지부]

재택 치료자 유의 사항 안내.

ㅅㅈㅅ 님, 몸은 좀 어떠신가요?

만 60세 이상 또는 면역저하자, 기저질환자 등 패스트트랙 대상자이시면 발열 등 증상이 있는 경우 가까운 원스톱 진료 기관에서 대면 진료 및 치료를 신속하게 받으실 수 있습니다.

재택 치료 어떻게 해야 하나 많이 궁금하시죠?

딱 세 가지만 기억해 주세요.

● 하나.

진료 및 처방이 필요하시면, 언제든지 가까운 '호흡기 환자 진료센터. 대면, 비대면' 또는 '재택 치료 의료상담센터 비대면'로 연락주세요.

진료와 처방을 도와드립니다.

전국에 1만 3천여 개 병원이 함께하고 있습니다.

대면 진료 법정 본인부담금 발생이 필요하신 경우 '호흡기 환자 진료센터'에 예약 후 도보 또는 개인차량으로 방문하셔서 의료 상담과 처방을 받으실 수 있습니다.

'호흡기 환자 진료센터 정보'는 네이버, 다음 등 포털사이트에서 검색하여 확인하거나, "코로나19 누리집 ncov.mohw.go.kr 공지 사항 일반인", "건강보험심사평가원 누리집 www.hira.or.kr > 알림> 심평정보통" 및 "생활안전지도 앱"에서 확인하실 수 있으며, '재택치료의료상담센터정보' 는 "건강보험심사평가원누리집

　www.hira.or.kr > 알림> 심평정보통"에서 확인하실 수 있습니다.

● 둘.

동거가족과는 동선 분리, 쓰레기는 소독 후 격리 해제 시 배출해 주세요.

● 셋.

PCR 검사일 또는 신속항원검사 RAT 일로부터

7일 차 자정에 별도 통보 없이 자동으로 격리 해제되며, 격리 해제 전에 외래진료 의약품 구매 포함이 아닌 사유로 외출하면 법 위반으로 처벌될 수 있습니다.

● 더 자세한 사항은 아래를 클릭해 주세요.

코로나19 확진자 및 동거인 안내문 : https://c11.kr/wpv5 클릭

소아 재택 치료 안내 및 증상별 대응 요령 : https://c11.kr/xl4y 클릭

● 문의처 : 031-760-8473

2022.11.4. 금. 09:33. 접수.

제목 Web 발신 수액 가능한 병원

1. 정양호내과의원; 031-764-6455
2. 서울 클리닉 서울 외과; 031-761-2088
3. 광주 하나 이비인후과 의원; 031-761-2505

2022.11.4. 금. 12:17. 접수.

동네 정다운 가정의학과에서 추천한 수액 가능 병원.

고려 정성 가정의학과 의원 031-797-9540

경기도 광주시 초월읍 경충대로 926
하나로마트 옆 1층 건물에 있습니다.
2022.11.5. 토. 08:33. 접수.

제목 경안동 진료 & 수액 가능 병원
"더와이즈 헬스케어의원 엑스레이/CT수액 예
약 후 방문"
031-797-2600
"정양호내과의원 엑스레이 수액 예약 후 방문"
031-764-6455
반드시 전화 문의 후 방문하세요.
2022.11.5. 토. 10:05. 접수.

제목
국민 비서에서 안내드립니다.
보건복지부 재택 치료자 유의 사항 안내
ㅅㅈㅅ 님 안녕하세요, 몸은 많이 나아지셨나요?
만 60세 이상 또는 면역저하자, 기저질환자 등
패스트트랙 대상자이시면 발열 등 증상이 있는
경우 가까운 원스톱 진료 기관에서 대면 진료 및
치료를 신속하게 받으실 수 있습니다.

이제 격리해제일까지 얼마 안 남았습니다.

끝까지 안전한 재택 치료를 위해 세 가지만 확인해 주세요.

● 하나.

PCR 검사일 또는 신속항원검사 RAT 일로부터 7일 차 자정에 별도 통보 없이 자동으로 격리 해제되며, 격리 해제 전에 외래진료의약품 구매 포함이 아닌 사유로 외출하면 법 위반으로 처벌될 수 있습니다.

● 둘.

격리 해제 후 3일간은 조심해 주세요.

KF94 또는 동급 마스크를 항상 착용해 주시고, 다중 이용 시설? 요양병원 방문과 사적 모임을 자제해주세요.

● 셋.

모아두신 쓰레기는 소독하셔서 종량제 봉투에 담으시고, 봉투 표면을 한 번 더 소독하신 다음 격리 해제 후 일반 쓰레기로 배출하시면 됩니다.

● 더 자세한 사항은 아래를 클릭해 주세요.

https://c11.kr/wpv5 클릭

● 문의처 : 031-760-8473

이상은 공기관에서 코로나19 확진자에게 온 사후관리에 따르는 문자 안내다.

✝

코로나가 나에게 가르쳐준 것.

하느님의 목소리가 들려왔다.

야!

이놈!

너 그러다가 죽어!

일단 멈춰!

2022.10.24. 월. 17시에 안동행 일직 모텔에서 1박.

　2022.10.25. 화. 음력 시월 상달 초하루 10시 바랑골 직산재 정평공 시향제 참석. 1박 2일간.

　2022.10.26. 수. 19시 레지오 마리애 Pr 참석.

　2022.10.27. 목. 8시 전몰 군경유가족 경기도 광주시지회 여수 전적지 탐방에 참석. 1박 2일간.

　2022.10.28. 금. 화엄사 경유 귀가. 1박 2일간.

　2022.10.29. 토. 한국문인협회 경기도 광주지회 안동 이육사문학관 문학기행. 하회마을 도산서원 당일 왕복.

이렇게 한 주간을 쉴 틈 없이 일정을 소화해 보기는 첨이다.

백수가 과로사한다고 했던가?

2022.11.1. 화. 한국문인협회 대표자대회 부여 행사에 1박 2일 참석 예정.

그런데 29일 토요일 귀가 차내에서 잔기침이 나기 시작했고 이튿날은 몸살기가 있으나 주말이므로 참았다가 10.31. 월. 혹시나 하고 보건소에서 집사람 리와 함께 코로나 검사를 했다.

드디어 부여 행사에 가는 날인 2022.11.1. 화. 6시에 기상하여 집결지인 사당역에 가서 사전 통보에 따라 2호 차에 승차.

8시에 집사람에게서 전화가 왔다.

양성으로 통보가 왔으니 돌아오란다.

그러나 가야 할 욕심으로 나는 아닐 수도 있다는 믿음으로 참고 있는데 8시 12분에 보건소에서 위와 같은 장문의 통보가 왔다.

순간 주님의 음성이 영혼에 들려왔다.

멈춰!

스톱!

너 그러다가 죽어!

우리 회장과 우리 문인협회 동행인들과 2호 차량 담당과 한국문인협회 이사장과 사무총장께 귀가 이유를 설명 겸 인사하고 돌아 나오는 뒤통수가 부끄러웠다.

지하철 사당역 8시 30분대.
출근 시간이 이렇게 밀집 복잡할 수가 있나?

2022.10.29. 토. 22시 45분부터 이태원 경사진 골목길에서 156인의 압사 참사와 부상자로 인한 불쌍한 마음.

지하철에서도 그런 사고가 날 수 있겠구나.
당국의 예방조치는 사건 보다 앞지르지 못한다.
고로 우선은 각자 각자가 시민의식을 발휘하여 서로서로 배려하며 질서유지를 조심스럽게 해야 한다.
22시 전에 시민의 위험성 제보가 여러 차례 있었는데도 불구하고 112와 119 기능은 왜 작동이 되지 않았나?

　시스템 부작동 원인을 캐서 책임을 물어야 한다.

　그리고 112와 119가 동시에 작동되는 시스템을 구축해야 하고 아이들의 장난 일지라도 출동해야 한다.

　우리는 놀이나 일에나 조급함에서 느긋하게 사는 연습을 해야 한다.

　확진자가 밀집 차에 끼워 타기가 민망스러워 승차 차례 줄 맨 앞 승차 순위이지만 일곱 번 인가 여덟 번을 보내고 한산하다고 생각되는 후미 칸에 가서 몸을 싣고 귀가.

　아프기 시작한다.

　살가죽이 아프고 뼈마디가 아프고 기침과 가래가 나오기 시작한다.

　백신을 한 번도 맞지 아니한 나는 신기하게도 공통으로 아프다는 목은 전혀 안 아파서 주님께 감사기도를 드렸다.

　나의 배우자 리는 삼차까지 백신을 맞았는데

도 3~4일 차에는 목을 칼로 도려내는 것처럼 아프다며 물도 못 마신다.

내가 무엇을 어떻게 해야 하나?
이런 때에는 내가 해줄 것이 아무것도 없다.
허망하기만 하다.
이렇게 나는 그에게 철저하게 의존하며 살았고 무엇을 어떻게 해줄 것이 무엇인가?
생각이 나지 않는다.
기가 찬다.
머릿속에서 떠오르는 것이 아무것도 없다.
저 건너 동네 쌍룡단지 뒷산에서 빨간 경보 등이 깜박거린다.
눈물이 절로나 온다.
저러다가 죽으면 어쩌나?
장례는 어떻게 치르나?
연습으로 유서는 썼다.
장기기증, 시신 기증, 뇌 기증, 사전연명의료의 향서 등록 등을 다 해 놨지만 막막하기만 하다.

뇌가 텅 비고 머릿속이 그냥 하얗게 빈 것만 같다.

한없이 눈물만이 나올 뿐이다.

왜 지금까지 그렇게 각을 세우며 까칠하게 살아왔나?

우리의 여생이 얼마나 남았다고.

지금부터라도 잘하자.

잘해주자.

무엇을 어떻게 해야 잘해주는 것이 되나?

우리가 사귀고 결혼하고 살아온 것이 반세기하고도 5년을 더 살지 않았나.

얼마나 고마운 일인가.

나 같은 무지렁이를 믿고 살아 준 리가 얼마나 고마운 여인인가.

그냥 말만 잘 들어 주는 것만도 잘해주는 것 같은 생각이 든다.

같이 있어 주고 원하는 데로 도와주거나 일해주고 등등 사소한 것들에 응답하고.

"여보! 코로나가 나에게 깨달음을 줬는데 뭐든지 잘해볼게."

"엄마, 엄마! 녹음하자 아부지 이 말씀,"

우리가 코 19에 걸렸다고 일 주간 휴가를 내고 도우러 온 넷째 딸의 재담 있는 말이다.

사실 무엇이 중요한가.
독서?
글쓰기?
모임 가기?
혼자서 휘적휘적 싸 다니기?
홀로 여행?
다 필요 없는 짓이다.

　평상시에 사랑하는 정든 가족과 가장 가까이
있는 가족들과 함께 있어 주는 것이 가족에게 할
최상의 일이다.
　이보다 더 중요한 것이 어디에 있었던가?
　지금까지보다 생활 방법을 확 바꾸기로 한다.

　하느님, 코로나 확진을 통하여 저에게 깨우쳐
주심을 감사하나이다.

　뭣이 중 헌 디?

명경明鏡

2013. 6. 19. 수.

석양이 명경에 비쳐
얼굴이 달아올라
현란한 금빛이 된다

풀잎에 맺힌 이슬이
보석으로 빛날 때
이슬로 목 축이는 산새

사회가 거울이란 걸
알아 갈 즈음에
세월이 재를 넘는다

길에서

어릴 때는 길만 따라다녔는데
이제는 내가 길을 찾아 나선다

길을 막지 마라

문을 여닫는데 장애물 두지 마라
통로 문 비상 대피실 문 막지 마라
장롱문 책상 서랍 가려 놓지 마라
길은 건강과 복과 행운이 드나드는 길
하늘의 섭리가 드나드는 덕德 복福 문門

고속도로 국도 지방도로
농로 길 들길 산길 둘레길
골목길 고샅길 계단 쪽문
장애물로 길 막지 마라
하늘의 기운이 드나드는 운명의 길이니

길을 막지 마라
문을 막지 마라
긴급 비상시에 큰 재앙을
예방할 수 있으리니

가야 하는 길

2018. 6. 14. 목.

가야 해
오늘도 계속
나는 가야 해

저 삶의 아득한
고지를 향하여
정상을 넘어 다음으로

일상을 살아온 길을
즐거움으로 살면서
계속 가야 하는 길

47

가까운 사람들

나에게 가장 가까운 사람
그 사람은 누구일까

같이 살아 주는 배우자
매주 회합에서 만나는 사람
매달 만나는 월례회 친구
격월로 만나는 친구
분기에 만나는 회의
반기에 만나는 회의
연중 한 번 만나는 모임

정규 만남 외에 또 누가 있을까
가끔 자주 만나는 이웃

가끔 자주 오는 가족들
가까울수록 사랑하네

자주 만나는 것이 사랑이네
말 걸어오는 이가 그립네

가을볕

가을볕 내 등 뜨겁게 달굴 때
영혼의 부싯돌로 불을 붙인다

가을날 방 낮에 벼 이삭 익고
내 영혼 햇빛 받아 얼이 익는다

가산 전투

가산 전투에서 돌아가신
아버지들의 시신 냄새가
지금도 코에 머물러있다

1950년 6월 25일 일요일 04시
한국전쟁 발발
일컬어 6.25. 전쟁
대한민국
자유 민주주의
자유 시장경제의
나라가 경상남북도 일부만 남았을 때
우리는 사느냐 죽느냐로
나라가 있게 될 것인가 없어질 것인가
사색이 된 위기 일로에서
낙동강 전선 사수에 들어갔었다
내가 마치 전쟁을 경험한 듯하지만
그때 나이 아홉 살

수복 길 산더미 자동차 위에서 내려다본
가산 전투장에는 경제활동이 살아있었다
비행기 잔해를 수레에 싣고 가는 경제활동
지금도 코에 머물러 묻어 있는 그 냄새

원칙

원칙을 이기려 하지 마라

원칙을 이기지는 못한다

원칙에 순응하여라

가을 장미

2016. 10. 31. 월.

서릿발이 간밤에 내리다
가을 장미는 기상이 맑다
순정 빨간 정열이 가상타

아랫대는 벌레가 갉아 먹어
줄기만 남았지만
너는 갉아 먹어라
나는 꽃 피운다

내 키보다 더 큰 가을 장미
빨갛고 붉은 찐한 입술로
나에게 열정을 선사한다

가을이 오는 소리

2022. 9. 3. 토.

　풀숲에서 들려오는 풀벌레 소리가 짙게 들릴 때
　세련되지 않은 목청으로 매미가 소리를 내지
를 때
　귀를 스치는 바람 소리가 어쩐지 가을바람인
것 같을 때
　가을은 이미 내 손에 왔고 내 의복에 왔고 내
눈에 들어왔네

　가을을 진짜로 느껴보려고 산골을 갔었지
　하늘에서 내려오고 땅에서 올라오는
　천상의 화음을 들으리 분천*을 갔었네
　휘황찬란한 전깃불이 밤을 쫓아냈고
　속 깊은 바라던 산골은 없어져 버렸네

* 분천: 경상북도 봉화군 소천면 분천리 지명. 분천역은 스위스
　산악 마터호른역과 자매결연을 맺은 역임.

원칙

원칙이라고
직언하고 나면
생각이 아리고
마음이 안됐다

그러나
원칙은 원칙이다
원칙을 인정하자
원칙을 이기지는 못한다

원칙이 세상을 지탱한다
원칙을 왜곡하지 말라
어지러운 세상에서
원칙은 여명 같은 희망이다

삼립三立

고령이 되면서
준비해야 할 세 가지
삼립三立

고립孤立
외로운 상태에서
독도獨島를 묵상黙想한다

독립獨立
고독하지만 홀로 잘 지내며
기미독립신인문己未獨立宣言文을 묵상黙想한다

자립自立
남에게 폐 끼치지 않는
자립自立 경제經濟를 묵상黙想한다

가을 3

2020. 12. 3. 목.

가을을 딛고 산에 오른다
바스락 버스럭
신발 아래서 노래를 한다

돌아보니 온 길이 보이고
지금은 갈잎을 밟고 섰네
앞에는 희망이
뵈지 않는 손짓으로
나를 오라 몸짓한다

가을이 익어
옷 벗은 나무들
겨울을 준비하는
애절한 몸짓

나무도 인생도
가을은 세한歲寒을
준비하는 시절

감사感謝

코 19에 코가 꿰어
꼼짝달싹 못 하였네

한여름 벌거벗고
방콕 하여 맴돌면서
푹푹 찌는 삼복더위
이열치열 견뎠어라

짜는 근심
짜는 더위
잘 버터준
내 영혼아
내 육신아

잘 버텨줘서
고맙고 고맙구나
앞으로 갈 남은 길도
잘 버티며 앞길 가자

가을 창窓

2021. 8. 21. 토.

가을입니다
이제는 창을 닫아야 하는
계절이 되었습니다

창문을 닫더라도
나의 마음은
닫쳐지지 않았으면 좋겠습니다

좀 더 추워져서
이중창을 닫게 되어도
나의 마음은 열려있어서

누구와 소주 석 잔을 마시며
내일 할 일을 생각하며
서로 마주 웃으면 좋겠습니다

가족 2

2013. 1. 8. 화.

배우자
자녀
가족에게
좀 더 정신적 지주가
되어야 했는데

그들은 지금
무엇을 하는가
한 가정의 자녀로 태어나
한 나라의 소시민으로 살며
인생의 보편적 가치를 추구하며
세상을 사는 사회의 공민이 되어
살고 있음에 얼마나 고마운지 감사할 뿐

가족

2021. 8. 15. 일.

가족은
최후까지
남아있는
인생의 보루

가짜

가짜가 판을 친다
뉴스도 가짜
방송도 가짜
신문도 가짜
인간도 가짜

진짜를 가장한 가짜
얼굴은 사람인데
마음은 짐승이다
가짜 인간이다
정치인인 줄 알았는데
알고 보니 사기꾼이다
국민의 사표로 여겼는데
하는 짓이 협잡꾼이다

가짜 다 가짜다
진짜 같은 가짜가
사라지는 날에
생명을 걸리라
희망을 걸리라
새 하늘과 새 땅을 바라리라
자라 나는 새싹에게 바라리라

가족보험

2013. 9. 7. 토.

건강보험
고용보험
산재보험
상조보험
생명보험
암보험
연금보험
차량보험
치아보험
퇴직보험
화재보험
기타 보험 등등등
좋다는 보험이 많다는데

혼자서 살고 있는
외로운 젊은 그대여
조금은 덜 즐기고
조금은 가난하게 살더라도

혼인하여 가족을 만드십시오
가족이 최후의 보루라오
가족이 제일 좋은 보험이라오

그대 죽어 영정 앞에 상주가 없다면
그대 고독한 영혼이여
인생을 헛살았노라
통회하지 마소서

가족을 만드소서
가족보험에 가입하소서

가족사진

컴퓨터 화면에
가족사진을 올렸다
사랑하는 배우자의
힘들고 지친 표정
가슴이 멍해진다
일부러 그 사진을 골라
바탕 화면에 올렸다
그 사진을 보며
반성과 성찰을 하고
지금이라도 더 잘
보실펴야 하겠다
목화송이 같은 사람

과학으로 하자

사실 진실
거짓말 헛소문

유언비어 날조
비합리 가짜

믿지 못할 일이라면
공인된 전문가를 찾자

사실을 확인하자
과학으로 풀자

보편 타당성을 찾아
성실한 영혼으로 살자

가필

잘못 쓴 글자에
가필을 한다

더 삐뚤어지고
더 뚱뚱해지고
엉망이 되어 버린다

인생에 가필은 무엇일까
어쩌다 잘못된 거짓을 감추려고
더 거짓을 꾸미다가 사기꾼이 된다

글자에도 삶에도
가필과 거짓은
나를 망가트리는 폭풍우이다

글자는 다시 쓰면 되지만
인생은 다시 그리거나 쓸 수가 없다

일회용 인생
잘 그리고 잘 써야지

스톡홀름

알란다 공항에 내리니
첫눈에 반한 나무의 도시
바다와 호수와 물의 도시
따뜻한 정이 스민 목제품의 도시
길 가다 나무 의자에 앉아 놀고 싶다

여성은 모두 성모마리아를 닮은 도시
발명가 알프레드 노벨의 노벨상 발상지
건물이 고풍스런 예술의 도시
양보와 예절이 살아 숨 쉬는 양심의 도시
사랑합니다
스웨덴 스톡홀름

광개토대왕의 성씨는

한반도에 있었던 국가 중에서 가장 영토를 크게 넓혔던 고구려의 광개토대왕 그의 성씨는 무슨 성씨였을까

오늘날 광씨 성은 없다
그러면 누구의 혈통이며 성씨는 무엇이었을까?
고구려의 가장 넓었던 국토를 생각하며 그의 후손을 찾아본다

성명이 고담덕?
그러면 고씨?
고구려의 시조가 고주몽이니까 고씨가 맞는 것일까?

한반도의 정권 정체 중에 가장 넓은 영토를 가진 때가 고구려 19대 광개토대왕 때였다
일설에 의하면 광개토대왕의 본명은 담덕 391년에 17세의 나이로 광개토대왕이 되어 고구려의

19대 왕좌에 올랐다

왜?
그의 성씨가 궁금해지는 것일까?
고구려의 건국시조는 주몽왕朱蒙王, 또는 동명
왕東明王으로 알려져 있다
건국 신화의 주인공 주몽의 아버지는 천제天帝
혹은 해모수이며, 어머니는 강의 신 하백河伯의 딸
유화柳花이다
혈통과 탄생을 보면 말 그대로 설화다운 이야
기이다

그러면 주몽은 실존 인물이 아니라 설화 상의
인물인가?
삼국지 고구려전에는 중국의 왕망王莽이 세운
신나라(9~25) 무렵, 즉 기원 전후 시기에 '고구려
왕 추驕'라는 인물이 등장한다
그런데 광개토태왕비에는 시조를 '추모왕鄒牟王'

이라고 하였다

　추모는 주몽과 서로 통하는 말이다

　바로 이 추모왕이 앞에서 본 '고구려왕 추'와 통
한다

　즉 추모왕이라고 불린 고구려 왕이 실재했던 것

　그러므로 광개토대왕은 해하씨다

　한반도의 정권 정체 중에 가장 넓은 영토를 가
진 때가 고구려 19대 광개토대왕

　그의 성은 아버지 해모수와 어머니 하백河伯에
게서 태어났으므로 해하씨解河氏다

　다 지나간 이야기

　이야기를 만들어 가며 사는 것

교육은 가정교육으로부터 2023. 9. 1. 금.

교사들의 시위*를 어떻게 보시는지요
법을 따지기 이전에
교권을 확립하여야 한다고 생각한다
그들의 옳은 목소리가
법 조문에 들어가야 한다

잘못된 부모들의
잘못된 가정교육
잘못된 인성교육이
오늘의 사태를 가져왔다

교권의 정당방위
교권의 국민 저항권
옳은 저항은 헌법도 초월한다

4.19. 민주혁명이
6.10. 민주항쟁이 그러했다
그래서 지금 교사들의 투쟁을 지지한다
국민과 많은 단체가 동참해 주기를 기도한다

* 시위: 교권 확립을 요구하는 교사들의 시위를 보면서.

공짜

하느님의 은총으로
나는 공짜로 살고 있다

행복하구나

그대 내 곁에 있고
시간도 여유로우니
행복이 가득하구나

스타벅스 커피점에서

2023. 7. 14. 금.

스타벅스 커피점
드넓은 공간을 제공하고
커피를 사 먹든 안 먹든
상관하지 않는다
창업이념을 생각해 본다
고객을 위한 평화의 베풂

국경

2015. 10. 18. 일.

프랑스 라살렛 성지
천주의 성모님께서 발현하셨다는 곳
스위스 제네바에서 프랑스로
국경을 넘는다

차가 멈칫멈칫
조금 서는 듯하다가
국경을 넘는다
평화의 국경선

내 조국의 국경선은 어떤가
휴전선이란 전율의 국경선
철조망, 지뢰, 가공할 무기들
자유롭지 못한 국경선이
나를 서럽게 한다
조국에는 평화가 언제 오려나

감사監査

모든 조직에 감사가 있다
대표로 뽑힌 특정한 감사
이들은 위임자의 수임자다

조직의 구성원은
모두 다 평 감사다
국민이 평 감사다
국민 사원 직원 회원
모두 다 평 감사다

이들 평 감사는
태양의 눈으로 보고
번개의 두뇌로 지적한다

일을 맡은 수임자들이
잘하나 못하나 살피며
감사하고 감시한다

일을 맡은 수임자는
겸손으로 위임자께
배우며 일해야 한다

국민이 감사다
사원이 감사다
직원이 감사다
회원이 감사다
모두가 다 감사다

일을 맡은 국민 수임자는
감사에게 지적받지 않도록
공정하게 일을 잘해야 한다

스마트폰

2013. 6. 19. 수.

도깨비방망이
돈 나와라 뚝딱
밥 나와라 뚝딱

"똑똑한 전화"도
성이 안 차
"똑똑 전화"가 되었다

내 손 안에
부자 지식 방망이
정보 지식의 보고

꿈

따뜻한 찬밥은 없다
낙동강 오리알이 되어 보고
찬밥 신세가 되어도 보았다

누구의 도움이나
곁눈질하며 바라는
나약한 신세도 되어봤다

행운이 함박눈으로 쏟아지는
눈사람만 한 행운을 기대도 했지만
모든 것은 녹아 없어져 버리는
허황한 꿈이었다

일 밀리미터라도 일 센티미터라도
내가 하고 내가 이루어야 하는 것
인류의 발전과 번영을 위하여
일 밀리미터라도 도움이 된다면
가야지 하러 가야지 일하러 가야지
꿈을 이룰 때까지
하늘을 향하여 희망을 쏴야지

고향

고향은 어머니의 마음
고향은 어머니의 가슴

생가는 남에게 팔려
밭으로 변했고

할아버지가 심은
백일홍은 없어졌다

감나무 고염나무 모과나무
다 어디로 갔나 고운 감잎 단풍도

고향은 상실되었고
선산이 고향이라는 명맥을 잇고 있다

고향이라는 것은
마음으로 그리는 향수

고향 2

살아서는 타관 객지에서
눈치코치 밥 먹고 살다가
인생을 마감하러 돌아가는 곳

안동_{安東}

경敬,
이황 퇴계의 기본사상이었다는 敬경,
이 글자와 함께
안동에서 선물 담은 편지가 왔다

고향故鄉,
생각만 하여도
고향이라는 글자만 보아도
눈물샘이 작동한다
타향살이 반세기에
이제 좀 철이 드는가

이황의 퇴계집 도산서원
유성룡의 징비록 하회마을
안동댐 임하댐
안동소주 안동포
안동국시 백진주 쌀
버버리 떡, 붕어찜

먹거리와 문화재들

생각만 하여도
그리움에 마음 떨리는
한국정신문화의 수도 안동安東

꿈夢 1

깃발이 꽂힌 바닷가
푸른 꿈을 엮어서

멀리서 들어오는
만선을 구경한다

호사로운 흔들의자에 앉아
깜박 낮잠에 파도를 꿈꾼다

꿈을 꾸자 노래를 부르자 2024. 8. 17. 토.

어제는 노래를 불렀노라
어제는 꿈을 꾸었노라
사랑하려고 노력도 하였노라

오늘은 노래를 부르자
오늘은 꿈을 꾸자
사랑하려고 노력하자

내일도 노래를 부르고 싶어라
내일도 꿈을 꾸고 싶어라
사랑하려고 노력도 하리라

국민의 나라

2013. 9. 7. 토.

국민은 감사다
국민은 감시자다

국민이 위임한 국정을
수임인이 잘하고 있는지
국민은 살펴 지켜본다

바로 보고 바로 알고
바로 판단하도록
바른길로 인도한다

국민의 눈이 밝아야
나라를 바로 세운다

국민의 눈높이

2024. 1. 21. 일.

정치인이 감히 어따 대고
국민의 눈높이가 어떻고 말한다

국민의 사표師表가 되어 다오
국민의 눈높이에 미달하는 어릿광대야

나

모래알이 모여
모래밭이 되었다

별 하나씩 모여
은하수가 되었다

물방울이 모여
바다가 되었다

한 사람씩 모여
인류기 되었다

나도 그 가운데
하나로 존재한다

건강과 환경

음식물 그릇을 깨끗하게 비우자
먹을 만큼만 담거나 덜어서 먹고
버리는 음식물이 없으면
영양에도 도움이 되고
환경보존에도 도움이 된다

많은 음식물 찌꺼기가 배출되면
청정 물이 더러워진다
오염된 물에서는 생명이 죽는다

생명은 환경이고
환경은 자산이다
사람의 환경을 만들자
사랑의 자연을 만들자

건국일 광복일 독립기념일   2024. 8. 15. 목.

1945.8.15. 광복일. 독립기념일. 해방일
1948.8.15. 대한민국 건국일

과도기過渡期

우리는 할 수 있다
젊은 그대들이 있어서 가능하다

도서관에 몰리는 독서 가족
서점에서 책을 고르는 인파
여행을 즐겨 떠나는 여행자

그대들이 있어서 우리는
풍요로운 발전을 할 수 있다

지금은 과도기 현상
경제발전 시대
자녀 출산 가족계획 시대
그때처럼 다시 시작할 때가 곧 온다

우리는 준비해야 한다
딸 아들 구분 말고 둘만 낳아
잘 기르자던 시대는 가고
다산이 다복한 풍요의 시대가 오리니
부국강병 문화의 나라가 곧 오리라

곧은 나무

2021. 5. 2. 일.
치악산 국립공원 숲에서

곧은 나무를 본다
나도 저렇게 곧게 살아야지
우리들의 아이들도 저렇게 곧게 키워야지

골룸반* 1

2013. 10. 1. 화.
건군 65주년 국군의 날.

나는 가서 보았네
아일랜드 골룸반

수도원에 새겨진
그 사제 이름들

한국전쟁 때 파견되어
산화하신 선교사 성명

하느님의 사명으로
천만리길 내 조국에

믿음으로 갚으셨네
하느님의 선교 사명

* 골룸반: 1916년 설립된 종교 단체.아일랜드에 본부를 두고 있
  는 외방 선교회 명칭.

97

국민 개병제도

우리나라 남녀노소 모두가
군인이어야 나라를 지킨다

장애인은 예외일 수도 있지만
그가 적극적으로 희망하고
적당한 업무수행 능력이 있으면
국민개병제도에 적합하다

국가는 부강해야 한다
한국은 개병제도라야 한다

군인에게도 사랑이 있고
전장에도 사랑이 싹튼다

국방

하얀 성운을 남기며
창공을 가르는 제트비행기

국민을 지키고
나라를 지킨다

국군을 믿고
일상을 산다

골룸반* 2

2017. 9. 24. 일.

2012년 아일랜드
골룸반 외방 선교회 본부
거기에서 미사를 지내던 날
고맙고 슬퍼서 많이 울었다

6.25. 전쟁에서
죽어간 골룸반 사제님들
돌벽에 새겨진 이름을 보며
고마움에 뜨거운 눈물

미사를 다 지내고
모두가 울긋불긋한 눈매들
가슴 저미어지던 그날
지금도 간직하고 있다

고마운 골롬반
제주 성 이시돌 목장 창시자
임피제 사제도 골롬반 출신
그는 사제이며 성자였다

6.25. 가난 때에 제주도민을
먹여 살린 고마운 사제 성자

* 골롬반: 아일랜드에 본부를 두고 있는 외방 선교회 명칭.

군인

군인은 평화의 사도다
부국강병의 국력은
정치와 경제가 군인을 받쳐주기 때문
군인은 평화를 수호하는 보루이다

군인은 평화를 지키는
평화의 수호신이요
군인은 남의 영역을
선제공격하지 않는다

군인은 우리의 땅과 평화를
유린하려는 적을 방어한다
평화가 유지되도록
평화의 첨병이 된다

군인 2

다리를 잃었어도 저는 군인입니다
다리가 없어졌어도 저는 군인입니다
의족을 하였어도 저는 군인*입니다

* 군인: 2015.8.4. 화. 북한이 DMZ에서 목함지뢰 도발로 하재
  헌 하사와 김정원 하사가 부상.

국군

그대는 자랑스러운
대한민국의 국군
그대 기상 위대하고
당당하고 훌륭하여
미덥구나

우리 그대 믿고
일상을 사나니
강하여라 국군아
장하다 국군아
조국의 국군아

나그네

나그네는 여인숙에 책임이 없다
숙박비 내고 자고 가면 그만이다

사마리아의 그 상인은 쓰러진
길손에게 여비까지 책임졌다

인연 없는 이에게 책임을 지다니
연고 없는 나그네가 평화의 사도였네

나는 내 끼 좋다

내 것이 좋다
나는 내 끼 좋다

나눔의 집* 에서

2018. 7. 14. 토.

　우리는 아메리카합중국을 아름다울미美 자를 써서 미국美國이라고 한다
　일본이라는 나라는 쌀미米 자를 써서 미국米國이라고 했었다
　쌀은 부와 풍요를 뜻한다
　일본은 미국을 쌀처럼 먹고 싶었다
　그래서 평화로운 나라의 아침에 진주만 습격을 한다
　당랑거철螳螂拒轍
　그 대가로 원자폭탄이라는 독하고 쓴 약을 먹고 죽지 않고 겨우 살아났다
　내 나라 주머니에 든 독도를 자기 것이라고 같잖게 우긴다
　침략자의 근성 그 근성을 원자탄보다 더 독한 약을 먹어봐야 근신하며 조심하려나

　얼빠진 나의 조국 정치
　그렇게나 일본과 중국의 침략을 자주 받아 죽

고 병들고 병신이 되고 국토가 쑥밭이 되었어도
금방 잊어버리는 건망증 정치 환자
　언제 정신 차릴까?
　답답한 골방 안에서 내가 옳으니 네가 그르니
도토리 키재기 식 밥그릇만 세다가 한국의 정치
는 날이 샌다

　정치인아 국민 앞에 모범을 보여라
　정치인아 국민 앞에 사표師表가 되어라
　정치야 주위를 살펴라
　우리를 노리는 사악한 들짐승이 없나 살펴라
　정치가 하나가 되어, 새벽의 초병이 되어 항상
깨어 대비하여야 하지 않겠는가
　정치야 깨어나 정신을 차려라
　조국의 안전과 평화를 위하여 깨어서 부국강병
의 나라가 되기를 노력해야 하지 않겠나

정치야

정치인아

정치인들아

* 나눔의 집: 일본군 위안부 역사관

나는 왜 대수천이 되었나

대수천은 "대한민국을 수호하기 위한 천주교인 평신도 모임"을 줄인 말이다.

대한민국 천주교 수원교구
2013년도 가톨릭 사회교리 심화 과정 수강 때 일이다.

그때 들은 것 중에서 마음에 걸렸던 것을 간추렸다.

어느 강사가 강당 교실에 들어오자마자
1. 여기 조선일보 보시는 분은 나가시오.
2. 70세 이상은 투표권이 없어야 되는데.
3. 법인세율이 24%인데 삼성은 14%, 현대는 18%를
적용하고 있다는 것이다.

위 1.2. 는 2013.11.28. 목. 이의를 제기하였고

위 3은 강의를 하신 분이 교수님인지 신부님인지 잘 모르지만 세법은 전문적 지식이 있어야 즉시 알아들을 수 있는 것인데 이러한 전문적 지식이 없는 수강생 들을 대상으로 실질 세율도 모르면서 거짓말 허언 강의를 하는 것이었다.

혹세무민이다.

이것은 강사 자신을 망치며 국민과 나라를 망치는 망발이다.

그래서 아래와 같이 당시 법인세법 세율 규정을 복사하여 이메일로 보냈다.

무엇을 근거로 하여 위의 숫자가 나왔는지?

이런 강의를 받게 되었던 것이 매우 창피했다.

모든 법인은 결산 시에 자기 회사의 절세를 위하여 법인세법에서 규정하는 각종 무형 유형자산 감가상각, 각종 충당금, 각종 손실금 등을 설정하여 실질 세율이 표준 세율보다 낮아지게 하려고 노력한다.

이렇게 하는 것은 그 회사의 절세 정책이다.

"지금부터라 그런 강의는 멈추십시오.
성경에서 감추어진 것은 드러나게 마련이라고

하셨지요?

강사님을 위하여 말씀드립니다.

혹세무민하는 왜곡된 강의는 당장 멈추십시오.

그리고 아래 세율을 참고하십시오".

법인세법

제55조(세율)

① 내국법인의 각 사업연도의 소득에 대한 법인세는 제13조에 따른 과세표준에 다음 표의 세율을 적용하여 계산한 금액 (제55조의2에 따른 토지 등 양도소득에 대한 법인세액이 있으면 이를 합한 금액으로 한다. 이하 "산출 세액"이라 한다) 을 그 세액으로 한다.

〈개정 2011.12.31.〉

과세표준	세율
2억원 이하	과세표준의 100분의10
2억원 초과 200억원 이하	2천만원 + (2억원을 초과하는 금액의 100분의20)
200억원 초과	39억8천만원 + (200억원을 초과하는 금액의 100분의22)

강사님,
혹세무민 하지 마시고
事實과 誠實과 眞實로 사시기를 기도 합니다.

2014.11.28. 금. 1년 후 한 번 더 보냄.
그때 수강자 손재수 실베스텔.

위의 내용을 교육 담당자 이 메일로 보내고, 담당 강사에게 전달해 달라고 부탁을 해놓고 나서, 생각해 봐도 너무 기분 나쁘고 무시당하고 하여 괘씸한 생각이 들었다.
그러던 차에 대수천 광고를 신문에서 보게 되어 참여했다.
이것이 대수천 회원이 된 동기이다.

그리고 세월이 흐르며 대수천은 서서히 NGO가 되어갔다.
NGO, 뭐! 건전하기만 하면 무엇이 어떤가?
그러나 불협화음이 나고 일관성 없는 공동체는 싫어진다.

나는 이상의 세 가지 이유 이상도 이하도 아
니다.
　직접 경험한 것을 기반으로 했으니까.

　내 의지로 선택한 대수천, 건전하게 발전이 계
속되기를 기도하면서 지켜보고 있다.

　2017.8.3. 목.

나는 왜

2021. 8. 7. 토.
입추 날.

나는 왜 어찌하여
여기에 있는 건가

오묘한 이치를 따라
신들림으로 여기 왔나

참 이상하고 신기한
인생의 여정이라

하늘 우러러 생각하니
온 길보다 갈 길이 멀어 좋다

나라 걱정

2016. 7. 21. 목.

나도 그대도
나라 걱정

나는 나대로
그대는 그대대로

생각은 달라도
잘하려는 것은 같아

진보 초 진보
보수 초 보수

좌냐 우냐가 아닌
보수와 진보의 융합

다음다음 다음

다음을 준비해 두자
미래를 준비해 주자
나만 살고 끝나는 것 아니잖나

나의 자녀 우리의 자녀
나의 손자녀 우리의 손자녀
나의 증손 자녀 우리의 증손 자녀
나의 고손 자녀 우리의 고손 자녀
그리고
그다음 다음다음 다음을 위하여

무엇인가 선한 일을 해두자
무엇인가 옳은 일을 해두자
다음다음 다음을 위하여

누리호 3차

2023. 5. 25. 목.
18시 24분.

와~아~! 함성을 지르자
우리는 이런 나라에 살고 있다
오천 년의 가난을 물리치고
잘 먹고 잘살고 풍요를 엮으면서
우리는 이 시대에 살고 있다

우주를 향하여 과학의 힘으로
긍지와 자부심 한민족 한반도
영원 대계를 꿈꾸며
우주에 국기를 꽂자
우주에 국기를 휘날리자

사색思索의 충전充塡

2025. 2. 7. 금.

각급학교 입학식 졸업식
학위 수여식
혼례식
학술대회 등등

각종 행사장엘 가면
신선하고 충격적인
새로운 이야기와 정보들
그걸 듣고 보려고
열심히 참석한다

공부는 임종 직전까지
젊은 마음으로 하여야 하는 것
새 정보는 삶의 촉진제가 되어
사색의 창고에 충전이 된다

나의 조국

진심으로 사랑하고 존경하노라
사랑하기에 여기에 살고
웃고 울며 함께 하노라
외국 여행 중에 평화로운
나라의 국경을 넘을 때
분단된 조국의 운명에
가슴 아파 울었노라
군 생활 내내 당연히
나라를 위하여 몸 바쳐야 함을
배우고 익혔노라
사랑하는 조국이여
초근목피로 연명한
1940년대에 태어나
수많은 민족의 피를 뿌린
부질없는 전쟁을
1950년대는 어린이로
구경만 하였노라
조국의 현대화를 위하여

1960, 1970, 1980년대를
새벽 별 저녁 별 보며 열심히
잘 살기 위한 길을 함께 하였노라
지금 산수를 넘는 노년이 되어
젊은 세대를 걱정하며 한숨짓노라
역사를 희망의 씨로 삼아
사랑하는 나의 조국이여
사랑하는 나의 자녀 세대여
희망의 신세대를 보며
웃으면서 안쓰럽고
걱정되는구나
희망을 건다 희망을 건다

나의 나라

바람은 오늘도 분다
바람은 지금도 운다
한국의 분단을 슬퍼하면서
철조망에 매달려 슬피 운다
분단의 벽 앞에서 가슴 치며 운다

언제나 남북이 하나 되려나
바람이 외친다
민초를 위하여
욕심을 버리라고

바람이 말한다
자유 평화 통일을 하라고

사람들에게 충고한다
사람아
바람의 충고를 듣게나

사람아
민초를 위하여
바다를 안게나
우주를 안게나
욕심을 비우게나

사람아
한반도의 자유 평화 통일을 위하여
기도하며 일을 하세나
기도하며 일을 하세나

고희 이후 명심하고 살 것들 2023. 6. 25. 일.

과로

과식

과욕

과음

낙원

화창한 늦은 봄날
뇌 혈류 엠알아이 MRI를 찍으며
그 통에서 한숨을 자다

가족과 마로니에 공원에서
봄볕을 즐기고
미술관 구경을 하네

낙원으로 가는 길이
어디에 있었던가?
여기가 바로 낙원인데

지금 여기 살아서
이생의 삶을 사랑하노라
살아있는 이 순간이 낙원이어라

남기는 말

2012. 2. 22. 수.

내가 죽으면
나의 빈소를
차릴까 말까
상주들이 결정하겠지만

노란 장미
빨간 장미
안개꽃으로
빈소 단장을 하면 좋겠어

일상에서 좋아하던
모차르트의 아다지오를
들려주면 더 좋고

누가 와서 우아하게 물으면
그가 남긴 편지 얘기대로
해주는 것이라고 전해주시오

또 한해를 바라며

1994. 12. 3. 토.

아침을 기다립니다
고난의 때를 참고 견디는
강인한 인내를 배우며
내일 또 내일을 바라며
희망을 먹고 사는
사랑의 희망 새가 되었습니다

하느님의 영을 갖추신
하느님의 분신이신 임께
감사와 영광이 있으시기를
공경하는 마음을 담아
건승을 기도 하나이다

남을 위한 기도

2006. 1. 22. 일.

남을 위하여
기도하는 것은
자기를 위하여
기도하는 것

그러함에도
남을 위하여
기도하는 것에
인색하고 짜다

님을 위한 기도는
부메랑이 되어
가을마당에
되돌아온다

남자의 일생

2012. 10. 7. 일.

남자로 태어났다
학교를 다녔고
군대를 갔었고
취직을 하고
혼인을 하고
가족과 먹고살기
자녀 키우기
바람 바람 바람
남자라는 인생을 살았다

낯선 사람들

2016. 4. 1. 금.

때로는 가족이 낯설어 보일 때
서글퍼져 눈물 난다
동기간도 동기동창도
회원들도 그렇게 보일 때
나는 낯선 이방인이다

고독한 세상에
아는 사람 있음은
얼마나 위안이 되는가
때로는 못 본 측 외면하는 사람
눈 감아 비리는 비겁함
이런 것들이 지금까지 살아온 세상을
낯설어지게 하는 것이다

나는 오늘도 낯선 사람을 찾아
거리에 나선다
혹시나 어디서 본 듯한 이와 만나면
찻집에서 심심한 이야기를 해보려고

딸에게서 온 편지

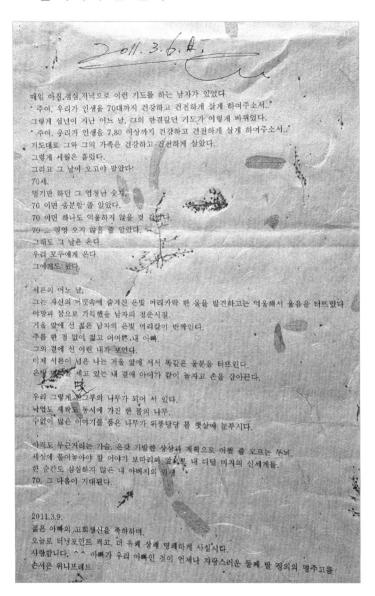

2011. 3. 6. 日

매일 아침,점심,저녁으로 이런 기도를 하는 남자가 있었다.
"주여, 우리가 인생을 70대까지 건강하고 건전하게 살게 하여주소서."
그렇게 십년이 지난 어느 날, 그의 한결같던 기도가 이렇게 바뀌었다.
"주여, 우리가 인생을 7,80 이상까지 건강하고 건전하게 살게 하여주소서."
기도대로 그와 그의 가족은 건강하고 건전하게 살았다.
그렇게 세월은 흘렀다.
그리고 그 날이 오고야 말았다!
70세.
멀기만 하던 그 엄청난 숫자.
70 이면 충분할 줄 알았다.
70 이면 하나도 억울하지 않을 것 같았다.
70... 영영 오지 않을 줄 알았다.
그래도 그 날은 온다.
우리 모두에게 온다.
그에게도 왔다.

서른의 어느 날,
그는 자신의 머릿속에 숨겨진 은빛 머리카락 한 올을 발견하고는 억울해서 울음을 터뜨렸다.
야망과 꿈으로 가득했을 남자의 청춘시절.
거울 앞에 선 젊은 남자의 은빛 머리칼이 반짝인다.
주름 한 점 없이 젊고 어여쁜, 내 아빠.
그의 곁에 선 어린 내가 보인다.
이제 서른이 넘은 나는 거울 앞에 서서 똑같은 울분을 터뜨린다.
은빛... 세고 있는 내 곁에 아이가 같이 놀자고 손을 잡아끈다.

우리 그렇게 한그루의 나무가 되어 서 있다.
낙엽도 새싹도 동시에 가진 한 몸의 나무.
수없이 많은 이야기를 품은 나무가 위풍당당 볕 햇살에 눈부시다.

아직도 두근거리는 가슴, 온갖 기발한 상상과 계획으로 어쩔 줄 모르는 두뇌.
세상에 풀어놓아야 할 이야기 보따리와 앞으로 내 디딜 미지의 신세계들.
한 순간도 심심하지 않은 내 아버지의 인생.
70, 그 다음이 기대된다.

2011.3.9.
젊은 아빠의 고회생신을 축하하며.
오늘로 터닝포인트 찍고, 더 유쾌 상쾌 명쾌하게 사십시다.
사랑합니다. ^^ 아빠가 우리 아빠인 것이 언제나 자랑스러운 둘째 딸 정의의 명주그림
손녀은 위니프레드

내 집

2022. 9. 14. 수.

정낭 같은 집이라도
내 집이 좋다

날마다 새로

일생 일생 우又 日生
날마다 날마다
새로 태어나고

일신 일신 우又 日新
날마다 날마다
새로워지는

담대한 회개인
요나*를 사랑합니다
요나로 살고 싶어요

* 요나: 성경 요나서의 주인 인물.

동성애에 관하여

동성애!

우주 자연의 섭리를 거스르는 야만보다도 더 미 생물적 행위이다

과학과 생물의 생존을 위협하는 반질서 반 자연법칙 행위이다

모든 생명체는 암수로 창조되었다

남자와 남자가 여자와 여자가 혼인한다고?

자연의 섭리를 위협하는 하늘의 저주를 받을 행위이다

그린걸 눈 감고 사회적 제도로 인정하려는 자는 그의 정치적 욕구를 채우려는 야만적 발상 혹 세무민하는 사기 행각이다

인류의 질서를 파괴하려고?

인류의 종말을 앞당기려고?

인류를 기어이 멸망시키려고?

그들의 소리에 귀 기울이지 말자
그들의 생활에 관심갖지 말자
그들은 자업자득 곧 잘못을 뉘우치고
인류의 보편 양심 정상 생활로 되돌아올 것이다
관심 두지 말자
아는 척하지 말자
무관심하면 정상 생활로 곧 돌아온다
그것이 인간의 심리 현상이다
인류 보편가치로 돌아올 것이다

씹다

한 사건이 생겼다
밤새도록 부부가
씹고, 씹고 또 씹었다

새벽이 되니
만물은 다 빠지고
찌꺼기만 남았다
퉤~ 뱉어서
망각의 공동묘지에 장사 지냈다

잊이비리자
잊어버리자
아침 햇살이 눈 부시다
하늘이 맑고 푸르다
또 시작하는 거다

동해행 東海行

2016. 1. 13. 수.

 점심때가 어시어 점심을 먹지 않고 동해행을
탄 나는 시장기가 돈다
 평창휴게소에서 밤 한 봉지 교환 표를 미리 사
고 밤을 표로 교환했다
 평창의 인심이 풍성한가 보다
 점심으로 배를 채우고도 따스한 체온의 밤알
이 남는다

 대관령 1, 2, 3, 4, 5, 6, 7번 굴을 지나
 강릉 5, 4, 3, 2, 1번 굴을 거쳐 동해에 간다

 버스 자리 9번은 홀로 여행하기에 딱 좋은 안
성맞춤

 아~!
 바다가 보인다
 만형의 넓은 마음으로 넘실거림은 나를 품는다

둘이 살고 싶다

2017. 9. 3. 일.

혼자 있다가 죽어
여섯 시간이 지나
각막 기증도 못 한다면

아하!
이를 아까워서 어쩌나
둘 이상이 한집에 살아야 하겠다

뜨내기

뜨내기로 왔다가
뜨내기로 가는 인생
무엇이 아까우랴만
잘 지내던 인정 인께는
가없이 아쉽구나
안타까운 인생 아
잘 지내다 헤어지자

버리기로 했다

2024. 11. 13. 수.

천년만년을 살아야
이 세상 구석구석을
다 돌아다니며 살아보고
공부하고 보고 느끼고 깨닫고
다 배워 알 수 있을까

생애의 유효기간
인생의 한계를 알기에
아깝지만 버리기로 했다
욕망을 버리기로 했다
욕심을 버리기로 했다
버리고 사는 것이 편할 것 같다

대충해도 되는 것은
헐렁하게 하고
느긋하고 여유롭게 살자
천년도 만년도 못살면서
뭘 그렇게 기대하였던가

욕심을 버리고 살자
그래서 버리기로 했다
일은 똑 부러지게 확실하게 하고
놀이는 대충 헐렁하게 놀며 살자

레만호 추억

2023. 8. 8. 화.

바다만큼 넓은 제네바호
힘차게 솟아오르는 제트 분수
호수 위 유람선
유유히 흐르는 요트
조는 듯 떠 있는 백조
훌렁 벗고 누운 일광욕 여행자
훌훌 벗고 앉은 일광욕 남녀들
이국이 아니라 천국을 다녀왔다

* 레만호: 스위스 제네바에 있는 호수 이름. 제네바호라고도 함.

나의 아내

2018. 9. 15. 토.

엄마의 정을 느끼고
누이의 우애를 느끼며
친구의 우정을 느낀다

멘토 스승 같기도 하고
철부지 소녀 같기도 한
풋풋한 풀냄새 나는
청순한 잡초의 신선함
사랑하는 아내의 느낌

레만호

함지박만큼
바다만큼

호반에 앉은 마음
물 위를 걸어가네

영혼이 낮잠을 잔다
사랑하는 레만호에서

보조개 가을 물에
백조가 조는 듯

옥색 가을 물엔
갈매기 활기차고

유람선 유유히
로잔을 향하고

그림 그린 곳이
마을이 되었구나

마음이 녹는 곳
그리움 짠하다

말과 글에 대한 책임

　속설에 따르면 셰익스피어도 자기 이름을 틀리게 썼을 때도 있었다는 말이 전해 온다

　퇴고推敲? 원고原稿? 모두 전적으로 작가의 책임이다

　맡아서 일한 사람?
　인쇄소? 출판사? 는 계약에 따르는 책임을 지면 된다

　개개인 작가의 작품 원고는 본인이 퇴고하고 확정 짓는 것이다
　사전에 퇴고나 원고에 대한 부탁을 받은 개별 약속이나 계약이 있었다면 논외로 하지만
　그 많은 이들의 작품을 맡은 이가 다 손본다?
　남의 작품에 이래라? 저래라?
　사전 계약이 있었다면 모르겠으나 그건 아니다

작가가 원고 쓰고 퇴고하고 하는 것 전적으로 자기 본인의 책임이다

말과 글과 행동에는 자기의 생명을 거는 책임이 따른다

공헌

세상에 태어난 모든 사람은
인류에게 공헌했다

태어난 그 자체가 공헌이요
열심히 사는 것 그 자체가 공헌이다

사람은 이 세상에 그냥 오지 않았다
얼마나 치열하게 살았었고 살고 있는가

자기의 발전을 위하여 열심히 산 것이
인류에게 공헌한 훌륭한 인재다

* 스웨덴 스톡홀름 스코그쉬르코고르덴 묘지공원을 다녀와서.

자정子正

고요가 영혼에 내리는
삼경의 중앙
정신도 영혼도
똑바로 서는 시각
마음도 정신도
맑아지는 자정의 축복

자유自由

바람이 맘대로 불어
자유를 누리고

사람은 긴 숨으로
자유를 누리지

마음이 평안하면
자유라는 것이다

회비

2022. 1. 1. 토.

년 회비는 1월 1일
월 회비는 매월 1일

소반에 정화수 떠 놓고
삼경에 두 손 모아 비는

그런 심정으로
회비를 낸다

돈이 많아서가 아니라
의무를 조기 이행하는 것

우리 회가 잘 되기를
마음으로 기도하면서

회심回心

경쟁에서 자율로
오염에서 정화로
앙심에서 화해로
영악에서 바보로
욕망에서 자제로
거침에서 섬세로
발광에서 고요로
구름에서 무상을
스며드는 정처럼

지적질에서 관찰로
조급에서 느림으로
상석에서 하석으로
자존에서 상생으로
상생에서 공존으로
침묵에서 신묵으로
토론에서 숙론으로
불손에서 겸손으로

겸손에서 공경으로
오만에서 가난으로
높음에서 낮음으로
불신에서 신앙으로
특별에서 보통으로
특급에서 완행으로
특실에서 보통실로
집착에서 내려놓음
특권에서 보편으로
무지에서 자각으로
미움에서 사랑으로
거짓에서 양심으로

비난은 노래로
흐르는 물처럼

코리아 대한민국을 위한 기도 2024. 6. 25. 화.

전능하신 천주 성부님,
저의 조국 대한민국 한반도가
자유 평화통일이 되어
부국강병의 나라
안전한 나라
문화의 나라
풍요한 나라
행복한 나라가
되게 하여 주시고

자유시장경제
자유민주주의
자유대한민국이
정치 경제 사회 문화
과학 교육 국방 외교 등
모든 분야에서 견제 국력을 길러
이웃 나라와 힘의 균형과
평형을 이루며 살게 하소서

우리 주 그리스도를 통하여 비나 이다
아멘

대한야수민국大韓野獸民國

좋 같은
대한민국!
좋 됐따

작가는 언어의 연금술사

우선 전쟁만 없기를 간절히
기도하고
기도하고
祈禱한다

좋 같은
대한민국!
좋됐뿟따

* 현직 대통령을 체포하는 인해전술 중과부적 동물의 왕국이 된
  대한민국 야수野獸 정치판을 경험하면서.

자유自由 자율自律

2015. 3. 9. 월.
74세 생일 기념 날.

자유自由다 자율自律이다

자유:
외부적인 구속이나 무엇에 얽매이지 아니하고 자기 마음대로 할 수 있는 상태
법률의 범위 안에서 남에게 구속되지 아니하고 자기 마음대로 하는 행위

자율:
남의 지배나 구속받지 아니하고 자기 스스로 원칙에 따라 어떤 일을 하는 일
또는 자기 스스로 자신을 통제하여 절제하는 일
자신의 욕망이나 남의 명령에 의존하지 아니하고, 스스로 의지로 객관적인 도덕 법칙을 세워 이에 따르는 일
칸트 윤리학의 중심 개념

자유自由다 자율自律이다

나의 성본姓本 일직一直

2024. 5. 3. 金.

일직一直 = "하나 같이 바르고 옳은 것을 추구함"

일 一 : 한일 자가 내포하고 있는 뜻

일, 첫째, 첫 번째, 하나, 한번, 처음. 오로지, 모두, 동일

자연수自然數의 맨 처음 수數, 아라비아Arabia 숫자數字로는 1,

로마Roma 숫자數字로는 I, 그 수량數量이 하나임을 나타내는 말,

그 순서順序가 첫 번째임을 나타내는 말

직 直 : 곧을 직 자가 내포하고 있는 뜻

값 치, 곧다, 굳세다, 바르다, 옳다, 바른 도道, 바른 행위, 바르다, 고치다, 펴다, 억울함을 씻다, 이치理致가 바르다

도리道理가 바르다,

성격性格이나 행동行動이 주변周邊 없이 외곬으로 곧다

158

일직一直 = "하나 같이 바르고 옳은 것을 추구함"

손홍량孫洪亮, 1287~1379. 정평공靖平公 향년享年
92세

일직 손문의 4세로서 현재 대한민국 경상북도
안동시 일직면 출신

손홍량孫洪亮 정평공靖平公께서 지향하신 통치 신
념과 사상이 일직一直이므로 5대에 걸쳐서 40여
년간을 왕과 함께 고려 KOREA를 경영 지탱하여
그 강직한 뜻이 일직一直 지명地名이 됨

일직一直 = "하나 같이 바르고 옳은 것을 추구함"